LE REBELLE

Régis de Trobriand

Copyright pour le texte et la couverture © 2023 Culturea
Edition : Culturea (culurea.fr), 34 Hérault
Contact : infos@culturea.fr
Impression : BOD, Norderstedt (Allemagne)
ISBN : 9791041972210
Date de publication : juillet 2023
Mise en page et maquettage : https://reedsy.com/
Cet ouvrage a été composé avec la police Bauer Bodoni
Tous droits réservés pour tous pays.

I

Le 23 octobre 1837, le village de Saint-Charles, habituellement si paisible, offrait un aspect tumultueux et solennel que nul, de mémoire d'homme, ne lui avait vu. De tous côtés se présentait un encombrement de voitures dételées, de chevaux parqués autour des granges, au milieu d'une affluence prodigieuse de gens du pays. Toutes les maisons du village étaient ornées de branches d'érable et pavoisées d'emblèmes aux couleurs variées. On allait, on venait avec peine ; on s'abordait dans les rues d'un air d'empressement inusité. Les femmes se montraient parées comme dans les grandes occasions, et les enfants couraient bruyamment, comme toujours, au milieu des groupes causeurs et des bandes de promeneurs dont la foule accrue arrêtait fréquemment la marche. De moments en moments, des *hurrah* lointains, des musiques qu'on s'efforçait de rendre guerrières, annonçaient les survenants, et bientôt en effet, dans cette mer mouvante, venait affluer quelque nouvelle association dont le drapeau seul flottait encore au-dessus du niveau des têtes humaines, comme ces grandes idées, phares brillants qui dominent les âges quand les générations s'éteignent et se succèdent. Ce n'était partout qu'agitation bruyante où se confondaient étrangement les chants et les rires, les hennissements et les imprécations.

– Maître Jean, vous ferez fortune aujourd'hui, car les gosiers sont secs à force de crier, et il se boira plus de bière et de whisky que dans tout le reste de l'année.

– Dieu vous entende, monsieur de Hautegarde ! et ma bourse se gonflera comme l'orgueil d'un marchand devenu lord.

– Pierre, n'as-tu pas honte de porter encore de l'étoffe anglaise ? Si l'argent te manque pour acheter du *drap patriote*, je t'en fournirai, moi, à crédit et de meilleure qualité que le mandement de monseigneur l'évêque. – L'avez-vous entendu lire ?

– Jamais ! répondait celui qu'on interrogeait. Nous sommes sortis de l'église plutôt que d'écouter une telle antienne.

– Et nous, ajouta un autre, nous sommes restés ; c'est le coadjuteur qui est sorti avec le curé ; les cris de « Vive Papineau ! »

leur troublaient l'esprit.

– Et ceux de : À bas l'évêque ! reprit quelqu'un.

– Où cela ? demanda-t-on.

– À Chambly.

– De quoi se mêle le clergé ? interrompit avec hauteur le jeune homme que nous avons déjà entendu nommer. Les choses temporelles ne le regardent point ; qu'a-t-il à faire avec le gouvernement ? Et par quelle audacieuse confusion de pouvoirs, nos prêtres, soutenant la cause d'une religion qui n'est point la nôtre osent-ils prêcher l'obéissance passive à des mesures tyranniques, et lancer l'anathème contre quiconque résistera aux lois iniques dont nous sommes victimes ?

– On sait pourquoi, dit quelqu'un dans la foule. Le clergé de Montréal est riche, et les propriétaires du *Fort des Prêtres* redoutent de tomber dans la disgrâce des gouvernants.

– Aussi Monseigneur craint-il plus de perdre ses biens sur la terre que ses ouailles dans le ciel.

– C'est de la charité bien ordonnée.

– L'on verra, dit une voix d'un ton de menace.

En ce moment une rumeur sourde d'abord, puis une immense acclamation éclata dans la foule. Des vociférations ardentes, des huées, des applaudissements sans fin tourbillonnaient bruyamment sans qu'on distinguât d'abord le sujet de ce grand tumulte. Mais bientôt tous les regards, tous les gestes se dirigèrent vers la partie la plus élevée d'une maison située à l'extrémité du village, et le nom du lord Gosford passa aussitôt de bouche en bouche.

La maison qui fixait à un si haut degré l'attention universelle, était surmontée d'un toit de fer-blanc, dont l'inclinaison bilatérale terminait la façade en forme de pignon. Au-dessous du point culminant de cette toiture blanche dont l'éclat fatigant donne une physionomie si particulière aux villes du pays, s'ouvrait une fenêtre surmontée d'une barre de fer saillante. C'était à ce gibet, qu'au bout d'une corde à nœud coulant, se balançait d'une façon à la fois burlesque et sinistre l'effigie du gouverneur général des Canadas pour sa majesté la reine d'Angleterre.

Cette lugubre parodie d'une exécution publique eut un effet

direct sur les masses, comme tous les actes qui ouvrent brusquement les digues aux passions populaires. Le peuple, en effet, toujours impatient du joug, obéit en rongeant son frein à l'empire des lois établies, mais aussitôt qu'une commotion quelconque en vient ébranler la puissance, sa haine du pouvoir éclate en actes violents et en réactions terribles. Comme toutes les forces matérielles qui demeurent inertes alors que leur manque un principe moteur ou un concours de circonstances favorables à leur développement, la force brutale des masses ne se fait sentir que mue par un principe intellectuel. Toutes les sociétés humaines ont tourné sur ce pivot, et les révolutions même les plus sanglantes ont toujours été le résultat d'un grand mouvement moral. Que l'esprit humain marche dans une perfectibilité désirable ou qu'il tourne sans fin dans un cercle vicieux, toujours est-il qu'il subit continuellement de nouvelles transformations et se reproduit sous diverses formes ; aussi, lorsque l'état politique ou social n'est plus en rapport avec ce mouvement continu, devient-il nécessaire de le changer. Voilà l'ordre providentiel que ne peuvent arrêter ni la tyrannie des armées, ni les digues croulantes des traditions d'un autre âge.

En 1837, les symptômes précurseurs de ces commotions se faisaient sentir avec force parmi les populations canadiennes. La politique égoïste et oppressive du gouvernement britannique portait enfin ses fruits, et la patience d'un peuple encore imbu des principes d'obéissance religieuse et civile, commençait pourtant à manifester énergiquement sa lassitude. Depuis le traité du 10 février 1763, le peuple canadien, devenu anglais du fait de son gouvernement, était resté français de mœurs, de caractère, de langage, de religion. Il s'était endormi dans la sécurité des garanties offertes par le traité même qui lui assurait ces avantages, et des promesses émanées du cabinet de Saint-James en 1764, 1775 et 1812. Plein de cette confiance crédule, le Canada refusa de s'associer à la glorieuse révolution qui fonda à jamais l'indépendance des États-Unis d'Amérique. Plus tard, demeuré en arrière des grandes innovations intellectuelles qui avaient ébranlé tout l'ancien monde sur ses bases et éclairé l'aurore politique d'un nouvel hémisphère, il prit les armes contre des principes qu'il ne comprenait pas encore, et enveloppé des langes du passé, il ferma les yeux aux lumières de l'avenir. Mais la marche progressive des esprits, rallentie par le manque d'éducation suffisante et les idées erronées de vieille science gouvernementale, arriva néanmoins enfin au discernement des droits et des devoirs. Quelques pétitions, appuyées d'abord auprès du gouvernement local, parvinrent jusqu'à la métropole qui répondit par des promesses sans effet. Des réclamations plus impérieuses motivèrent ensuite des refus péremptoires et jetèrent dans les esprits des germes qu'il ne serait plus temps d'étouffer désormais, et qui, dès l'époque où nous prenons cette histoire, avaient déjà produit leurs manifestations sanglantes. Les sujets de mécontentement s'étaient multipliés successivement sous l'administration impopulaire des Murray, des Haldimand, des Craig, des Dalhousie et des Aylmer. Les vices de ces administrations et la corruption dont on accusait les employés avaient déterminé les représentants du pays à recourir au seul remède constitutionnel : le refus des subsides ; mais alors on avait puisé dans la caisse militaire pour subvenir aux dépenses les plus pressantes. Depuis nombre d'années, les usurpations du gouvernement dans cette question vitale, l'irresponsabilité de ses officiers, les dilapidations déplorables des fonds publics, le gaspillage honteux des terres appelées nationales, les prétentions intolérables du pouvoir à disposer des deniers prélevés sur le peuple sans le consentement de ses représentants, les prévarications scandaleuses dans l'administration de la justice, déterminaient une opposition générale de jour en jour plus menaçante. Lorsque la chambre des communes, sur la demande de lord John Russel, eut en quelque sorte sanctionné le pillage de leurs deniers, les Canadiens se préparèrent à repousser cet attentat à leurs droits. Des réunions nombreuses de paroisses et de comtés envenimèrent le ressentiment général. Lord Gosford eut le tort d'attribuer ces symptômes aux manœuvres de quelques brouillons, et de croire arrêter le mal avec des proclamations appuyées par les mandements de l'évêque catholique de Montréal ; mesures inutiles et imprudentes qui n'eurent d'autre résultat que d'affaiblir le sentiment religieux par le discrédit du clergé. Tel était l'état des esprits dans le Bas-Canada à l'époque de l'assemblée politique de Saint-Charles, où se trouvaient réunis les cinq comtés de Richelieu, Rouville, Sainte-Hyacinthe, Verchères et Chambly, et les représentants du district de Montréal.

– Laissez passer la justice du peuple ! s'écria un Canadien en désignant le mannequin dont les oscillations répondaient aux secousses imprimées à la corde.

– *Paena pede claudo !* reprit un lettré.

– Mylord ! s'écria un troisième d'une voix forte en s'adressant à l'image de supplicié, vous vous êtes rendu coupable de lèze nation en opprimant le peuple contre toute vérité. Pour ce crime, nous vous donnons aujourd'hui un avertissement salutaire. Profitez-en, mylord, ou gare la corde ! En attendant, voici le cas que nous faisons de vos proclamations.

– Et des mandements des prêtres qui trahissent le peuple, ajouta un nouvel interlocuteur.

À ces mots, un paquet d'imprimés fut lancé dans la foule qui les lacéra aussitôt et s'en distribua les morceaux comme autant de trophées.

Les cris, les quolibets, les insultes continuèrent au milieu des groupes qui s'ébranlaient pour se rendre en dehors du village à un emplacement spécialement destiné au meeting. En ce moment, M. de Hautegarde, qui regardait d'un air préoccupé le mouvement général, sentit une main furtive s'appuyer sur son bras.

– Vous ici, Alice ? demanda-t-il aussitôt avec inquiétude.

– Venez ! venez ! dit la jeune fille en l'entraînant vers une maison voisine.

Ils traversèrent rapidement la cour encombrée et s'arrêtèrent sous le vestibule.

– Eh ! bien ? lui dit-il d'un accent de tendre reproche ; vous m'aviez pourtant promis de ne point sortir aujourd'hui.

– Pardonnez-moi, Laurent, répondit-elle encore toute émue de sa marche rapide ; mais je suis sans force contre mes pressentiments et incapable de maîtriser mon inquiétude.

Le jeune homme se prit à sourire doucement, sans moquerie, et lui prenant les deux mains dans les siennes, il la considéra un instant avec un mélange d'amour et de fierté. C'était une de ces douces filles qui traversent la vie comme un désert inconnu, auxquelles il faut, pour avancer, un bras qui les soutienne, pour vivre, un amour qui les nourrisse. Sa blancheur éblouissante sous des bandeaux de cheveux noirs comme l'aile du corbeau formait un contraste que l'on eût admiré avec passion, si deux longs yeux légèrement creusés n'eussent révélé, par le cercle bleuâtre des paupières et un éclat quelque peu fébrile, les indices d'un mal intérieur et dévorant. Organisation nerveuse toute ardente et sensitive qui doit s'user vite par absorption, ou se briser tout-à-coup dans le choc d'une passion violente.

– Mon père est à Montréal depuis quelques jours, continua-t-elle en parlant avec la vivacité que l'inquiétude imprime aux paroles ; mon frère est sorti depuis quelques heures… Où est-il ? L'avez-vous vu ? Que va-t-il faire ? Vous connaissez ses sentiments hostiles aux opinions qui dirigent cette assemblée. Il est brave jusqu'à la témérité. Il peut s'exposer inutilement. Mon Dieu ! mon Dieu ! que va-t-il nous arriver ?…

Tout cela fut dit presque d'une haleine. Elle s'arrêta à ces derniers mots ; mais son regard levé sur Laurent de Hautegarde, ses lèvres, imperceptiblement entr'ouvertes, témoignaient d'une pensée la plus chère peut-être mais aussi la plus secrète. Soit que le jeune Canadien affectât de s'y méprendre, ou soit qu'en effet il ne la devinât point, il lui dit :

– Que vous êtes enfant, et que vous avez tort de vous tourmenter ainsi sans motif ! Votre frère n'a point paru, que je sache, dans la foule réunie à Saint-Charles aujourd'hui. Il sera sans doute allé…

– Et vous ! interrompit-elle se trahissant involontairement.

Cette fois, elle s'arrêta interdite et confuse. Une légère rougeur colora ses joues, et elle baissa la tête sans rien ajouter.

– Moi ! répondit-il en la baisant religieusement au front, je vous aime.

– Eh ! bien ! il faut me le prouver, dit-elle en prenant tout-à-coup un ton velouté et insinuant.

– Voyons.

– N'allez pas à cette assemblée. Vous resterez ici avec moi ; ma tante vous aime et sera heureuse de vous avoir près d'elle pendant tout ce tumulte. Elle est si effrayée, si vous saviez ! votre présence la rassurera. Faites cela pour elle.

Et elle cherchait à l'entraîner vers une chambre voisine, n'osant le regarder trop en face de peur qu'il ne devinât ce chaste mensonge qui lui faisait parler de sa vieille tante quand il ne s'agissait que d'elle et de son amour alarmé.

– Je ne saurais, dit-il ; on m'attend là-bas ; on compte sur moi. Vous ne voudriez pas, Alice, que l'homme que vous aimez manquât à ses devoirs envers son pays, envers sa religion, envers ses frères.

– Mais, dit-elle avec conviction, en quoi l'assemblée a-t-elle rapport à tout cela ?

Le raisonnement d'une femme qui aime est toujours d'un égoïsme naïf. Elle ne comprend rien dans la vie qui soit absolument indépendant de son amour. Toutes ses facultés tendues vers ce seul objet, tous ses jours, toutes ses heures tournant éternellement dans ce tourbillon qui entraîne le reste, sa logique n'est plus que l'unicité simple d'une pensée sans rivale. Aussi lorsque Laurent de Hautegarde s'efforçait de prouver à Alice la nécessité pour lui de prendre part aux actes politiques qui troublaient le Bas-Canada, incrédule à tous les raisonnements, elle en revenait sans cesse à cette inflexible réfutation :

– Si vous m'aimez, vous resterez *pour moi*.

Déjà elle ne parlait plus de sa tante. Plus étonnée de le voir persister dans sa résolution, elle ajoutait de cette voix dont un sentiment profond affaiblit l'éclat :

– Je sais que vous devez aujourd'hui parler à cette foule. Je sais qu'elle vous considère comme un de ses chefs pour la diriger par vos opinions, et peut-être un jour la conduire par vos actes. Votre ambition peut sourire à cette espérance ; mais songez-vous que c'est me perdre sans ressource ?

Cette considération suprême ébranla le jeune homme. Elle s'en aperçut avec la perspicacité d'une femme qui désire ardemment, et elle continua :

– Mon père n'a d'autres objections à notre mariage que l'exaltation de vos opinions dans une voie politique opposée à la sienne.

– Et mon origine française.

– Ne lui supposez pas de tels préjugés, dit-elle avec feu. Il rend justice à toutes vos qualités ; mais son amour paternel s'effraye de voir sa fille à jamais attachée à la destinée d'un homme que son fanatisme peut exposer un jour à de grands revers. Abandonnez la route dangereuse, issue, sans que vous suivez, et il vous ouvrira ses bras. Vous retrouverez en lui cette affection qu'il prodiguait à vos jeunes années et que vous avez eu le tort de vous aliéner par la fierté indomptable de vos principes. Voyez où cela nous a tous conduits.

Au lieu de cette union d'affection et de pensées qui nous liait tous il y a un an à peine, l'aigreur et les récriminations se sont glissées entre nous pour nous diviser. Laurent ! Laurent ! vos funestes convictions vous ont déjà presque enlevé un second père et un frère. Voulez-vous donc leur sacrifier votre femme ?

Tous ces souvenirs d'un temps si heureux, où aucun nuage ne troublait l'horizon de la famille, où M. Mac Daniel caressait le projet d'une union entre le fils d'un ancien ami et sa propre fille, firent une impression profonde sur l'esprit de Laurent. Il revit dans sa pensée les heures sereines de son amour soumis aujourd'hui à de douloureuses épreuves. Indécis, ébranlé, il allait céder peut-être, quand une lointaine acclamation, suivie presqu'aussitôt d'une décharge de mousqueterie, ranima vivement en lui l'image du présent.

– Écoutez ! dit-il, en saisissant la main d'Alice.

– Je n'entends rien, dit-elle à voix presque basse, rien que le battement de votre cœur, rien que l'agitation de votre souffle.

– Ah ! reprit-il en relevant le front et poursuivant la pensée qui l'occupait, c'est là qu'est l'avenir, là le devoir !

– Où ? demanda-t-elle profondément émue.

– Où est le peuple, répondit-il, sans remarquer l'effet cruel de ses paroles.

– Et moi ? reprit-elle avec accablement.

– Je t'aime ! dit-il en se penchant amoureusement vers elle.

C'était là sa réponse à tout, la raison suprême qui désarmait Alice, et lui faisait tout pardonner sinon tout oublier. Cependant, ce jour-là, elle paraissait oppressée sous le poids d'une plus sérieuse inquiétude. Aussi continua-t-elle encore :

– Laurent, vous m'avez souvent parlé de cette sorte de seconde vue accordée par Dieu à certaines âmes ; vous m'avez dit que les événements tristes prolongeaient leur ombre en avant, et nous prévenaient de leur approche par l'instinct inexplicable des pressentiments. Eh bien ! mon ami, je sens en moi une voix secrète mais infaillible qui me crie : Malheur ! Oh ! Laurent ! (Et dans l'élan de sa terreur elle lui prenait les mains comme pour empêcher une séparation.) N'y va pas ! n'y va pas !

– Enfant ! enfant ! répéta-t-il d'une voix attendrie.

Néanmoins il se dirigeait vers la porte, lorsque des cris et un tumulte rapprochés se firent entendre au dehors.

– C'est lui ! c'est lui ! criaient des voix irritées. – Il a fait le coup pendant que le monde écoutait les orateurs.

– Je l'ai vu sortir de la maison ! Il a coupé la corde ! – Mort aux Anglais ! Il faut le suspendre en place du lord Gosford qu'il a décroché. – Hurrah ! Vive les patriotes, et que les loyaux soient damnés ! – Arrêtez ! arrêtez !

La porte s'ouvrit tout-à-coup, et le jeune Denis Mac Daniel s'élança dans le vestibule où se trouvaient sa sœur et Laurent.

– Mon frère ! – Denis ! Ces deux cris partirent à la fois.

D'un coup-d'œil, Laurent embrassa tout ce qui venait de se passer, l'imprudence fatale du jeune homme, et le danger imminent qu'il courait.

– Par ici, par ici, dit Alice en s'élançant avec lui par un escalier dérobé. Arrivé aux premières marches, Denis se retourna vers Laurent qui le regardait.

– Je réponds de tout, dit ce dernier, mais fuyez !

– Fuir ! reprit fièrement le jeune Irlandais. Et il revint sur ses pas.

– Ouvrez ! ouvrez ! criait-on au dehors.

– Viens ! au nom du ciel ! s'écria Alice.

– Allez ! dit Laurent d'une voix suppliante.

– Je ne fuirai pas ! reprit Mac Daniel avec une intrépidité résolue. Vous pourrez voir, Monsieur de Hautegarde, si le cœur d'un fidèle sujet de Sa Majesté se trouble aux aboiements de vos traîtres patriotes.

– Brisons la porte ! criait-on. Qu'on cerne la maison !

Bientôt les murs furent ébranlés par des coups violents et répétés. Le danger augmentait de moment en moment, lorsque Laurent prit résolument la clé de la porte fermée, traversa la chambre voisine, et s'élança sur l'appui de la fenêtre au moment où un des assaillants se disposait à l'escalader du dehors.

Laurent de Hautegarde était un fier jeune homme de vingt-quatre ans environ, hardi, entreprenant, d'une intelligence élevée et d'une instruction solide. Son caractère franc et déterminé se peignait admirablement dans son maintien habituel, son port de tête, et les traits de son visage assombris un peu par la ligne noire et droite de ses sourcils sous lesquels, quand il s'animait, brillait comme un éclair le regard fauve de ses grands yeux.

– Holà ! qu'y a-t-il, vous autres ?

Son ton d'autorité fit aussitôt cesser le tumulte.

– Il y a, répondit un homme au parler rude, qu'un chien d'Anglais a coupé la corde où était pendu le gouverneur, et s'est réfugié à l'instant dans cette maison.

– Après ? dit Laurent en passant ses deux jambes en dehors.

– Après ? reprit l'orateur de la troupe. Eh bien ! nous voulons le punir de son insolence. Qu'on le livre, ou nous saurons bien le prendre.

– Oui-dà ! s'écria Laurent en s'élançant d'un bond au milieu du rassemblement. Êtes-vous fous de venir ainsi attenter à la propriété, et troubler par des actes de violence une solennité consacrée au maintien de nos droits et de nos libertés par les voies légales ?

– Justice à chacun ! cria une voix.

– Oui ! oui ! répétèrent vingt autres. Le coupable ! le coupable !

– Qui de vous ici me connaît ? demanda Laurent en se plaçant en travers de la porte.

– Tous ! tous ! Monsieur de Hautegarde.

– Eh bien ! je vous déclare que, moi présent, nul ici ne violera ce domicile, et que nul ne passera cette porte tant que je pourrai me tenir debout pour en défendre l'entrée.

Le ton d'inébranlable résolution qui accompagnait ces paroles, le caractère et les opinions de celui qui les prononçait jetèrent de l'hésitation parmi les assaillants. Ils s'étaient arrêtés indécis et murmurant comme une meute de limiers sous le fouet du chasseur ; Laurent se hâta d'en profiter.

– Allons ! camarades, dit-il, nous avons mieux à faire aujourd'hui qu'à briser la porte d'une femme inoffensive.

La maison n'était alors habitée que par la sœur de M. Mac

Daniel, sexagénaire paisible, et quelques vieux domestiques.

– On nous attend là-bas ; aucun bon patriote ne doit manquer à ce rendez-vous où j'ai moi-même à vous parler de choses plus sérieuses que la fanfaronnade d'un volontaire de la reine.

Le bruit de la mousqueterie et les coups de canon qui terminaient chaque discours des orateurs prêtaient une force nouvelle à ces paroles.

– Allons, dit-il avec entraînement, que tous les francs Canadiens me suivent !

– Hurrah ! pour les patriotes ! crièrent plusieurs voix. En route !

Entraîné par cet exemple, le reste de la troupe commençait à se retirer avec cette mobilité qui caractérise les émotions populaires, lorsque celui qui paraissait conduire les autres s'approcha de Laurent d'un air mécontent.

– Vous avez sauvé, lui dit-il, la bastonnade à un ennemi du peuple parce qu'il est le frère d'Alice Mac Daniel. Voilà qui est bien ; mais souvenez-vous d'un avis que je vous donne. L'homme qui réchauffe un serpent sous son habit, prend la mort pour compagne de route. Je ne dis pas cela pour Mac Daniel dont je me soucie comme d'une poire gâtée ; mais bien pour un autre traître qui se cache à cette heure sous le toit que vous protégez, et plus que moi peut-être vous aviez intérêt à vous débarrasser de celui-là.

– Qui ? demanda Laurent étonné du ton et du langage de cet homme qu'à ses habits on eût cru de la classe du peuple.

– Regardez, dit celui-ci, en désignant de l'œil une croisée.

– Le conseiller Barterèze ! s'écria Laurent qui venait d'apercevoir le visage d'un homme derrière un rideau soulevé.

– Lui-même, reprit son interlocuteur qui sans rien ajouter se perdit aussitôt dans la foule.

– Ne venez-vous pas, M. de Hautegarde ? demandèrent quelques hommes, comme il demeurait pensif à la même place.

– Allons ! allons ! fit-il en secouant violemment la tête comme pour chasser une pensée importune, geste qui, du reste, lui était familier.

II

Au centre de l'emplacement occupé par la foule qui pouvait monter environ à huit ou dix mille personnes, s'élevait une sorte de plateforme réservée aux orateurs du jour et autour de laquelle flottaient plus de cent drapeaux emblématiques. Personne n'occupait la tribune au moment où Laurent de Hautegarde traversa l'assemblée. Son front s'était rembruni depuis les derniers mots de l'étranger. Il paraissait en proie à une agitation intérieure et ne s'aperçut de l'effet produit par son arrivée que lorsque son nom circula dans les groupes. Bientôt il fut environné d'hommes qui l'engageaient avec instance à prendre la parole. L'influence que le jeune patriote s'était acquise personnellement par ses opinions et sa conduite appartenait dès longtemps à sa famille. Les Hautegarde étaient de l'ancienne noblesse de France, devenue depuis noblesse canadienne. Le premier de cette famille qui s'établit dans le Canada, était Hugues-Vincent Marryet comte de Hautegarde, capitaine au régiment de Carignan. Il était arrivé à Québec en 1665 avec le marquis de Tracy, et M. de Sallières alors colonel de ce régiment qui venait de Hongrie où il s'était fort distingué contre les Turcs. Presque tous les officiers de ce corps, auquel appartenaient aussi MM. de Sorel et de Chambly, obtinrent des terres en fief et seigneurie, s'établirent et se marièrent dans le pays. M. de Hautegarde fut au nombre de ces gentilshommes à propos desquels le père Charlevoix soutient dans son histoire : « Que le Canada a eu plus de noblesse ancienne qu'aucune autre colonie française. » Depuis lors, les Hautegarde se distinguèrent constamment dans les faits d'armes et les combats sans nombre où se signalèrent brillamment les volontaires de la noblesse canadienne, périodes guerrières où l'on retrouve à chaque page les noms de Juchereau, de Bienville, de Boisbriand, Lemoyne, de Rouville, de Longueil, de Sainte-Hélène, Hertel, de Valrennes, d'Iberville, Lagrange, de Saint-Ours, Sennezergues et tant d'autres.

Laurent de Hautegarde était le dernier rejeton de sa famille, le seul de son nom, sa sœur ayant épousé un de Lauzon, branche dont la tige existe encore en France aujourd'hui.

Aucun de ceux qui avaient pris la parole ne portait un nom

connu, aussi leur avait-on prêté une médiocre attention malgré le ton véhément de leurs discours. Mais quand Laurent de Hautegarde s'avança sur la plateforme, un murmure d'approbation parcourut l'assemblée et le silence s'établit autant que le pouvait permettre l'agitation de tant d'hommes réunis. Le jeune orateur parla d'une voix forte et accentuée, avec une grande netteté d'expression et une noblesse de gestes remarquable.

Il commença par s'excuser de prendre ainsi la parole malgré sa jeunesse, devant tant d'hommes plus âgés et plus capables que lui. En cela, il n'était guidé que par son amour du pays et son dévouement à la cause du peuple. Il traça un tableau rapide de la marche du gouvernement anglais depuis le traité qui lui assurait la possession du Canada, passa en revue les principaux actes des gouverneurs qui s'y étaient succédés, et arriva aux considérations touchant la situation actuelle du pays. Alors sa parole devint vibrante et ses récriminations contre le gouvernement prirent une teinte de ressentiment dont les élans furent vingt fois interrompus par des acclamations et des applaudissements passionnés.

Il établit avec une mémoire de chiffres admirable la dilapidation successive et croissante des deniers publics, le gaspillage des terrains de la couronne, dont, en 1827, *un million cent soixante cinq mille sept cent quate-vingt douze* acres (1,765,792 acres) avaient été octroyés gratuitement aux officiers du gouvernement, à leurs familles et leurs créatures, et *cinq cents trente-six mille cinq cent quatre-vingt neuf* acres aux membres du conseil exécutif et à leurs familles. Parmi ces accapareurs de la propriété publique, il cita des hommes flétris comme délateurs, embaucheurs, etc. Puis après avoir rappelé des exemples nombreux d'iniquité dans l'administration de la justice, il en vint à parler d'actes d'oppression directe et sanglante, tels que la journée du 21 mai 1832.

– Ainsi, dit-il en terminant avec véhémence, le gouvernement anglais n'a souci que de soutenir l'insolence de ses créatures. À elles nos deniers, à elles nos terres, à elles les honneurs : à nous l'oppression, l'insulte, le mépris ! – Est-il de notre dignité, de notre devoir de supporter un tel état de choses ? Laisserons-nous violer impunément les traités qui nous protègent, la constitution qui nous régit, et ferons-nous, comme des esclaves, abnégation de nos droits et de notre liberté ?

Une clameur immense, pareille au mugissement de la mer, répondit à cette interrogation.

Ce tumulte effrayant se calma néanmoins après quelques instants, et Laurent de Hautegarde reprit :

– Nous avons épuisé les voies légales ; nos protestations sont impuissantes comme l'action de nos représentants. En vain, nous nous sommes donnés de nouveaux magistrats ; en vain, nous avons renvoyé les commissions de milice que nous tenions de nos oppresseurs ; en vain nous nous sommes astreints à des privations réelles d'habillement, de nourriture même ! pour tarir les sources où s'engraissent les sangsues anglaises. Tout cela est insuffisant ; il faut faire plus !

– Aux armes ! crièrent mille voix comprenant sa pensée.

– C'est notre droit ! c'est notre devoir ! cria Laurent avec enthousiasme.

Et il descendit se mêler à la foule où des souscriptions s'ouvrirent aussitôt pour se procurer des armes et des munitions de guerre.

Ce fut ainsi que commença, en 1837, cette opposition armée qui, quoique essentiellement partielle, locale et détachée de tout plan d'insurrection générale, attira sur le Bas-Canada les yeux de l'Europe entière.

III

Le conseiller Barterèze avait des yeux gris, des cheveux gris, cinquante ans peut-être, un grand fond de suffisance, beaucoup de méchanceté, quelques mille piastres de rente, et des allures de ci-devant jeune homme. D'abord entraîné par le mouvement des esprits vers la cause du peuple, il s'était pris ensuite à réfléchir aux chances précaires qu'offrait cette voie, et avait rompu en visière à ses premières tendances avec d'autant plus de facilité qu'il entrevoyait un double avantage à cette conversion. C'était l'époque où les dissentiments politiques avaient relâché les liens d'intimité qui unissaient Laurent de Hautegarde aux Mac Daniel. Le peu de certitude du projet de mariage convenu entr'eux et que le public disait même entièrement rompu par la volonté du vieux Mac Daniel et de son fils, suggéra au conseiller une idée tout à fait seyant à son caractère : l'idée d'épouser lui-même Mlle Mac Daniel. Et pourquoi non ? Tant d'exemples ont donné gain de cause à des prétentions analogues ! Tant de jeunes filles, si pleines de jeunesse et de beauté, ont partagé les jours d'automne d'un vieux mari et qui, pourtant, ne se sont point étiolées... au contraire ! L'on dit bien à cela que c'était en France et que... mais c'est un fait dont il est inutile d'approfondir les causes. D'ailleurs, le conseiller Barterèze arrivait de Paris. Le digne conseiller n'ignorait pas quels motifs avaient amené une rupture entre Laurent et les Mac Daniel ; une renonciation à ses anciens principes le rapprochait de ces derniers de toute la distance que perdait son rival, et flattait tous les sentiments du vieux loyaliste. En outre, et même en cas d'insuccès de ce côté, le gouvernement anglais lui promettait faveurs et récompenses. Adam n'eut qu'une seule tentation à combattre, et il succomba. Que vouliez-vous que fît le conseiller Barterèze contre deux ?... qu'il cédât ! Une fois ce grand point de résolu, les occasions tardèrent peu à se présenter. À la première, il tourna casaque au parti populaire ; à la seconde, il joua au whist avec le bonhomme Mac Daniel ; à la troisième, il déclara son amour à Alice, du ton le plus fringant du monde. Le parti populaire voua le traître à l'exécration publique ; le bonhomme Mac Daniel reprocha amèrement à son partner des fautes impardonnables au jeu ; quant à Alice, elle le trouva ridicule, puis fatigant.

Le conseiller n'était pas homme à se tenir pour battu. Outre la pente naturelle de son caractère assez opiniâtre, il était arrivé à cet âge où l'on s'attache aux projets de la vie avec d'autant plus d'ardeur qu'elle semble plus près de nous quitter. La jeunesse, qui voit devant elle de longs jours à jouir, est prodigue et changeante, perdant peu et retrouvant beaucoup ; mais l'âge mûr sait le prix du temps et des choses ; il veut en jouissances l'intérêt de chaque heure dépensée, comme en argent l'intérêt de chaque somme placée à bon taux. Il entrait beaucoup de ce calcul dans l'amour du conseiller qui lui-même était tenace comme toutes les plantes grimpantes.

À force de contempler le but, il s'y croyait presqu'arrivé. C'était chaque soir au sortir de la table, à l'heure de paisible digestion où il sommeillait les deux pieds sur les chenets. Il s'y abandonnait donc avec délices le soir du 23 octobre, tout en repassant dans sa mémoire les événements de la journée.

– Bast ! se disait-il : ils font beaucoup de bruit pour rien. À quoi m'eût servi de pérorer aujourd'hui sur les abus du gouvernement et les droits du peuple ? Cela m'eût-il rapporté un penny ? En me ralliant au contraire au parti couronné, je soutiens un principe d'ordre, je m'élève dans ma carrière administrative, j'améliore mon avenir, et...

Là-dessus le voilà lancé dans les rêves les plus séduisants de fortune, de joies conjugales, même paternelles. Les mains sur les genoux, la tête renversée, les yeux fermés, il se plongeait béatement dans ce demi-sommeil où nos perceptions confuses empruntent un nouveau charme à l'indécision de leurs formes, quand tout-à-coup un bruit aigre, criard, discordant, éclata dans l'air avec un fracas tel que toute la maison en fut ébranlée.

– Bon Dieu ! qu'est-cela ? s'écrie le conseiller en bondissant de son siège, et tellement persuadé que la maison s'écroule qu'il s'élance sans oser regarder derrière lui, traverse le vestibule d'un trait, ouvre la porte, et... tombe presque à la renverse en la refermant aussitôt.

On devine sans peine la cause de tout ce bruit. En revenant de l'assemblée, les habitants de Saint-Charles en accès d'humeur politique, avaient résolu de flétrir la trahison du conseiller par une démonstration publique et burlesque, et un charivari organisé dans des proportions grandioses avait éclaté comme la foudre sur le rêveur amoureux. Qu'on s'imagine l'effet que dut produire sur la foule bruyante l'apparition du conseiller en robe de chambre, et (le dirai-je ?) en bonnet de nuit, au moment où encore à moitié endormi, il allait donner, tête baissée, dans ce fracas de tambours, de cuivres, de cloches, de cris, de sifflets, de huées. Remis alors de sa terreur première, mais pâle, les traits bouleversés par un mélange de honte et de rage, il s'assit sur une chaise en serrant convulsivement la clé de la porte.

– Ah ! Monsieur ! monsieur ! s'écria en s'élançant vers lui la seule domestique qui fût demeurée ce jour-là à la maison. Que va-t-il arriver ? Nous sommes perdus ! au secours ! M. Barterèze, sauvez-moi !... Ah ! ah !...

– Que le diable vous emporte ! vieille folle, dit le conseiller en se levant précipitamment. – Lâchez ma robe de chambre, et ne criez pas si fort.

– Ah ! Monsieur ! criait la vieille femme de plus belle, entendez-vous ? Ils cassent les vitres. Ils nous tueront !

– Ah ! par exemple ! Laissez donc ; ce n'est qu'un charivari.

– Un charivari, quand on démolit la maison ! Je les ai vus. Je les ai vus ; ils sont plus de mille démons avec des torches et des pioches.

– Bonté du ciel ! s'écria le conseiller en s'élançant vers l'escalier.

Un coup violent retentit sur la porte qui céda, et dont les battants s'ouvrirent en frappant violemment le mur.

– Au rat ! au rat ! crièrent quelques-uns des assaillants en s'élançant sur les traces du fugitif dont ils avaient aperçu la robe de chambre.

L'infortuné entendit ce cri, et ne doutant pas qu'il ne fût le quadrupède désigné, il monta les marches de toute la vitesse dont la providence a pourvu cette sorte d'animaux : quelques assaillants le suivirent jusqu'au grenier dont il avait fermé la porte sur lui. Mais bientôt, vu l'état de la place, il renonça à la défense, et se rendit après capitulation et promesse que lui, sa robe de chambre, son bonnet, sa maison et sa servante seraient respectés et à l'abri de toute voie de fait.

Ce qui fut ponctuellement exécuté.

L'orage du dehors diminuait beaucoup d'intensité, et la garnison de la place prise commençait à s'en croire quitte pour la peur, lorsque l'arrivée de deux nouveaux personnages vint changer le côté burlesque de cette scène. L'un des deux était Laurent de Hautegarde, et l'autre le mystérieux personnage qui déjà le matin avait conduit un rassemblement à la poursuite de Denis Mac Daniel dans la maison où se trouvait alors Barterèze. À leur aspect, le conseiller se sentit défaillir.

– Que voulez-vous de moi, Monsieur ? dit-il à l'inconnu du ton d'un criminel devant son juge.

– Ne vous ai-je pas promis que nous nous reverrions ? dit d'un ton grave ce singulier personnage. Eh ! bien, je suis homme de parole.

– Monsieur, reprit le conseiller en l'entraînant vers une fenêtre et de façon que lui seul pût entendre ses paroles, je vous ai offert tout ce qu'il était en mon pouvoir...

– Fi ! reprit l'étranger ! De l'argent ?

– C'est plus que je ne devrais peut-être, car, après tout, que puis-je redouter de vous ? Il faut bien que ce secret demeure entre nous, puisque vous ne pouvez me perdre sans déshonorer votre nom.

– Et c'est là votre sauvegarde ? dit l'étranger d'un ton railleur ; alors nous ne nous connaissons pas encore.

– Quoi ! s'écria le conseiller, vous l'oseriez !

L'inconnu ne répondit que par un regard froid, mais résolu, qui renfermait la menace d'une infatigable vengeance. Ce seul instant suffit pour opérer dans Barterèze une révolution morale et désespérée. Dès qu'il eut compris ce dont son adversaire était capable pour le perdre, sa détermination fut prise de le prévenir à tout prix. Ce devait être un duel à mort dont eux seuls connaissaient le mystère, car Laurent de Hautegarde n'était entré dans la maison que pour prévenir le désordre en formulant paisiblement la volonté des habitants de Saint-Charles.

– Monsieur, dit-il à Barterèze, un homme qui a trahi la cause du peuple ne saurait sans inconvénients demeurer plus longtemps dans ce village. Par mesure de prudence, je vous engage à le quitter prochainement ; en cas de refus de votre part, ce serait un ordre auquel il serait dangereux pour vous de ne pas obtempérer.

IV

Trois semaines après cette journée dont les Canadiens garderont longtemps encore le souvenir, Laurent de Hautegarde, accoudé sur une table où se trouvaient épars quelques livres et des cartes du pays, semblait plongé dans une profonde rêverie. Il songeait à Alice, à cette angélique enfant dont l'amour était si cruellement froissé par ses préoccupations politiques, aux obstacles que lui-même avaient en quelque sorte élevés entre elle et lui. Il comparait avec un vague remords les jours présents aux jours passés, se demandant si l'ambition n'exigeait pas toujours, pour prix de ses joies satisfaites, le sacrifice du bonheur domestique, et si les désirs de la tête dans les affaires publiques ne se nourrissaient pas aux dépens des sentiments tendres et simples du cœur. Derniers et sages échos d'une voix intérieure, méfiance envoyée du ciel pour nous prémunir contre des fantômes trompeurs, dont la poursuite use souvent la vie sans fruit, et dessèche les sources du seul bonheur vrai qui existe sur cette terre : Aimer et être aimé !

Mais il semblait qu'un mauvais ange veillât sur l'accomplissement des sombres destinées, car lorsque Laurent s'abandonnait à l'entraînement de ces pensées bonnes, quelqu'incident survenait qui le poussait en avant dans la voie dangereuse, sans qu'il pût se soustraire à cette influence. Au moment de ses plus doux rêves de regrets, plusieurs coups frappés mystérieusement à la fenêtre attirèrent son attention distraite. Il regarda la pendule, il était sept heures ; au dehors, nuit sombre malgré quelques rayons incertains se glissant à travers les nuages amoncelés. Il écouta encore ; le même bruit se renouvela, et cette fois, il se leva silencieusement pour aller ouvrir.

La porte donna passage à un homme enveloppé d'un large capot gris à capuchon, vêtement d'un usage général dans le pays.

– Bonsoir, monsieur de Hautegarde, dit-il en modérant l'éclat de sa voix ; je viens vous demander asile pour une heure. – Une heure, pas plus, ajouta-t-il en regardant à sa montre.

– Monsieur, répondit Laurent surpris et restant debout ; nous nous sommes rencontrés il y a peu de temps pour la première fois dans une circonstance assez importante pour n'être pas oubliée.

Bien qu'alors il m'ait paru évident que vous cachiez votre véritable condition sous un déguisement, je ne vous adressai aucune question à ce sujet. Je suis prêt à me renfermer aujourd'hui dans la même discrétion ; cependant...

– J'y avais songé, interrompit avec calme l'étranger que nous avons reconnu pour le mystérieux ennemi du conseiller. Il tendit une lettre à Laurent. Celui-ci la lut, et ils s'assirent tous deux.

– Vous voilà sûr de mes sentiments maintenant, et c'est le principal, reprit-il. Qu'importe en effet mon nom ? C'est une chose insignifiante pour tous, excepté pour moi peut-être. – Permettez-moi donc de garder l'incognito même vis-à-vis de vous, et de n'être à vos yeux pas autre chose qu'un patriote répondant au nom de Durand. Je ne vous cacherai point que je suis Français. Mais qu'importe encore ? La lettre que je viens de vous remettre n'est-elle pas une caution suffisante ?

– Certainement, dit Laurent.

– Eh ! bien ! nous voilà parfaitement à l'aise, et si vous le trouvez bon, nous causerons comme de vieux amis.

Laurent de Hautegarde regardait curieusement sa nouvelle connaissance, préoccupé du mystère dont il s'environnait, autant qu'étonné de ses manières si différentes de ce qu'il les avait vues déjà. Mais Durand (quelque fût son véritable nom) ne paraissait point gêné, et il continua tranquillement :

– Vous n'étiez point à l'affaire du 6 ? C'est là que le Doric-Club a été traité galamment. Vous savez comment cela est arrivé ? Nous avions déjà inscrit plus de deux mille noms sur les registres de notre société des fils de la liberté ; les six sections partageaient la ville et les faubourgs, et se subdivisaient en compagnies obéissant chacune à un capitaine et toutes à un général. Nous faisions régulièrement l'exercice, et la charge en douze temps en attendant mieux, quand il nous prit l'envie de parader en assemblée générale. Les magistrats s'en alarmèrent et défendirent la réunion. Mais pst ! on se soucie bien de la défense de ces messieurs. Le Doric Club vint alors en aide, et se rendit sur les lieux en corps et en armes. Aussi, après quelques préliminaires de vive voix, on en est venu aux arguments *ad hominem*, et les fils de la liberté ont mené le club si grand train que pour le venger la force militaire s'en vint battre quelques groupes isolés de patriotes qui s'en retournaient, croyant la besogne achevée.

– La presse du *Vindicator* a été détruite ce jour-là ? demanda Laurent.

– Entièrement. J'ai reçu dans la bagarre quelque chose comme un coup de crosse de fusil, mais que voulez-vous ? ce sont là les revenants-bon du métier.

– Ainsi, dit Laurent, vous arrivez de Montréal ?

– Aujourd'hui même.

– Barterèze a quitté Saint-Charles. L'y avez-vous vu ?

– Ah ! dit Durand en changeant subitement de ton ; le jour viendra pour celui-là. Mais comme le vieux sir Malise de Ravenswood, *j'attends le moment*.

– Par le ciel ! que dites-vous ? s'écria Laurent. J'espère que vous ne vous porterez envers lui à aucun acte indigne de vous et de la cause que vous servez !...

L'étranger regarda tranquillement le jeune patriote, et dit entre ses dents, comme s'il se parlait à lui-même : Tous les mêmes, là-bas, ici et partout ! – Puis il ajouta à haute voix :

– Barterèze est très lié avec le bonhomme Mac Daniel. On les voit tous les jours ensemble à Montréal.

– Ah ! fit Laurent dont les sourcils se contractèrent.

Durand parut ne pas s'en apercevoir et continua :

– Barterèze a si bien parlé de vous, de votre discours et de vos actes que l'autre jour, au Sword's Hotel, le vieux Mac Daniel, après une conversation dont vous fîtes le sujet, jura en forme de péroraison qu'il aimerait mieux avoir le poing coupé que de donner sa fille à un traître tel que vous.

– Il a dit cela ! s'écria Laurent de Hautegarde.

– Il l'a dit, affirma Durand.

– Eh ! bien ! que Dieu lui pardonne tout ce qu'il causera de malheurs !

– Allons ! dit Durand sans s'émouvoir. Vous voilà maintenant rêvant sang et mort ! parbleu, ce n'était pas la peine de tant vous récrier à propos du compte que je dois régler avec le conseiller. C'est une affaire entre lui et moi ; celle-là terminée, les vôtres n'en iront pas pire, croyez-moi.

Sur ce mot, tous deux demeurèrent silencieux, le Français paraissant en proie à des souvenirs douloureux et à des projets sinistres, le Canadien profondément accablé par des nouvelles si fatales aux espérances de son amour. Tout-à-coup, Durand se leva en regardant la pendule.

– Huit heures et demie ! dit-il. Il est temps de partir.

– Ne passerez-vous point la nuit ici ? demanda Laurent.

– Non, répondit-il en riant ; mais sur les chemins sans doute.

– Ce voyage ne peut donc se remettre ?

– Impossible. Avant dix heures je dois être à trois lieues d'ici. Ne seriez-vous pas homme à m'accompagner, si votre présence y pouvait être utile ?

– Si vraiment, mais non pas sans savoir où vous me conduisez.

– Oh ! mon Dieu, je vais vous le dire, fit-il avec insouciance. Le docteur Desbuissons, et monsieur Dennery ont été arrêtés chez eux, et doivent être dirigés cette nuit sur Montréal avec une escorte de volontaires. Il s'agit de les délivrer.

– Ah ! dit Laurent avec étonnement, le gouvernement en est déjà là ! C'est bien, monsieur, je pars avec vous.

– Bien ! reprit gaîment le Français ; mon frère le visage pâle a brisé son calumet et déterré son tomahawk.

Laurent s'arma de pistolets. Tous deux traversèrent la cour pour se rendre aux écuries où Durand avait attaché son cheval en arrivant. La nuit était sinistre. De gros nuages noirs couraient au ciel et projetaient sur la terre comme un large crêpe déroulé sur les arbres frissonnants. De temps à autre quelques rayons de lune glissaient pâles et indécis à travers les branches déjà sans feuillage, où les vents incertains éveillaient de lugubres plaintes.

Laurent se sentit tout-à-coup l'âme étreinte par une angoisse rapide ; une sueur froide baigna ses tempes, et ce fut avec un sourire forcé et d'une voix stranglée qu'il dit :

– La lune est bien terne ce soir.

– Terne comme la figure d'un pendu, répondit Durand.

Après cette réponse qui parut sinistre à Laurent, malgré le ton dont elle était faite, un chien hurla douloureusement et longuement.

– Funeste présage ! reprit-il. Mais il eut une honte secrète d'avouer sa pensée et il ajouta aussitôt : conte de nourrice !

– Eh ! eh ! continua Durand avec sa gaîté diabolique. Il y aura peut-être du sang sur les chemins avant longtemps.

– Espérons que non, dit Laurent.

Son cheval était prêt et le Français déjà en selle. Le jeune Canadien adressa un dernier regard à sa maison, regard long et triste qui semblait renfermer tout un adieu.

Et ils s'éloignèrent rapidement dans la nuit.

V

Le même soir, Alice Mac Daniel, assise auprès de sa tante, travaillait avec découragement à un dessin de broderie vingt fois abandonné et repris. La vieille dame était ensevelie à moitié dans un immense fauteuil, et semblait, selon son habitude, s'assoupir auprès du feu. Mais tout-à-coup elle ouvrit de grands yeux, et s'adressant à sa nièce :

– Mon enfant, dit-elle, à quoi songez-vous ?

– Ma tante, répondit Alice avec un léger embarras, je songeais...

– À Laurent, n'est-ce pas ?

Elle baissa la tête sans rien dire et se mit à travailler avec ardeur.

– Vous l'aimez donc bien ? continua la bonne dame.

– Oh ! ma tante ! répondit Alice avec élan. L'accent disait tout.

– Et lui ? vous aime-t-il bien aussi ?

– Que cela soit ou non, ma tante, jamais je n'épouserai un autre que lui...

– Cependant, ma fille, le conseiller Barterèze...

– Je le méprise, dit Alice avec une magnifique fierté.

– Bon ! dit la tante et pourquoi cela ?

– Ma tante, répondit-elle gravement, sa conduite n'a pas besoin de commentaires. Il sait que j'aime Laurent.

– Qui le lui a dit ?

– Moi.

– Ah ! dit la vieille dame. Et elle se prit à réfléchir.

Pendant le moment de silence qui suivit cette exclamation, le trot pressé de deux chevaux se fit entendre au dehors.

– Écoutez ! dit Alice.

Elle devint horriblement pâle, se leva toute droite en posant avec force sa main sur son cœur comme pour en comprimer les battements, puis elle se rassit en fondant en larmes quand le bruit se fut tout-à-fait perdu dans l'éloignement.

– Qu'avez-vous ? lui demanda la tante surprise.

– C'était lui ! murmura-t-elle.

Le silence dura encore quelques instants, puis la tante reprit en regardant l'heure :

– Votre frère ne rentrera-t-il pas aujourd'hui ?

– Non, ma tante. Il m'a dit ce matin en me quittant de ne pas l'attendre. Il est en route pour Montréal où il conduit cette nuit deux prisonniers, et où il restera quelques jours auprès de mon père dont les affaires ne sont pas encore terminées.

– Dieu le conduise ! ma fille, mais votre frère a la cervelle bien légère, et votre père n'a pas été raisonnable de s'autoriser à accepter un grade dans les volontaires. C'est un parti qui peut devenir dangereux dans ces temps de trouble.

– Hélas ! dit la douce enfant. Les hommes n'ont pas un cœur comme le nôtre, et ils n'aiment pas comme nous.

– Croyez-le bien, dit la vieille tante.

Là-dessus elle se leva, et après avoir embrassé Alice sur le front, elle se retira dans son appartement d'un pas que son grand âge rendait chancelant ; mais par un reste de coquetterie, elle n'acceptait jamais d'appui.

Lorsque minuit sonna à l'antique pendule d'albâtre, Alice qui jusque-là était demeurée en proie à une profonde et immobile rêverie, se leva d'un pas lent, ouvrit une des fenêtres élevées de six ou sept pieds au dessus du sol, et sans peut-être se rendre compte de son mouvement, se pencha en dehors pour plonger un regard alarmé dans les ténèbres qui voilaient la campagne. Elle resta ainsi quelques minutes sous le poids d'une attente horrible et surnaturelle, ne sachant quelle force mystérieuse la retenait, quelle voix du cœur l'appelait. Bientôt un bruit léger traversa les airs, puis se répéta à sons pressés comme le bruit des fléaux quand les moissonneurs battent le grain sur l'air. Il approchait, approchait, et bientôt encore, haletante, égarée, Alice sembla aspirer le galop d'un cheval, désespéré, inouï, comme si une bande de loups l'eûssent poursuivi dans sa course. Une forme noire traversa la prairie plus prompte que l'ombre d'un nuage, franchit d'un bond prodigieux deux hautes barrières, et vint s'arrêter comme un roc tombé sous la fenêtre où se perchait la jeune fille.

– Béni soit Dieu qui nous donne encore cette heure ! dit Laurent avec égarement.

Il se leva sur ses étriers, et embrassa dans une étreinte convulsive le front d'Alice qui ne fit pas un mouvement, mais devint froide comme le marbre dont elle avait la blancheur. Ses longs cheveux noirs ruisselaient sur ses épaules ; elle les rejeta en arrière par un geste de tête plein de désespoir en disant :

– Qu'y a-t-il ?

– Écoute ! dit-il sans répondre et en pressant ces longs anneaux contre ses lèvres. M'aimeras-tu toujours ?

– Toujours, fit-elle.

– Même si l'enfer s'élève entre nous, s'il faut franchir une tombe pour arriver à moi.

– Une tombe ! s'écria-t-elle avec effroi. Au nom du ciel que voulez-vous dire ?

– Renoncer à toi ! mon Dieu ! Est-ce possible... Et pourtant !... Oh ! mon Alice bien-aimée ! Ne serait-ce pas mieux de mourir ensemble !

– Tais-toi ! Tais-toi ! dit-elle. Tu me fais horriblement souffrir. Parle-moi sans égarement, sans folie...

Et elle caressait son front brûlant comme pour le calmer un peu. Lui ne disait plus rien, mais il pleurait !...

Les pleurs de Laurent de Hautegarde, de ce jeune homme si fier, si intrépide, tombaient une à une devant la jeune fille dont le regard prenait une fixité effrayante, car elle ne comprenait rien à ce qui se passait, et dans l'excès d'une douleur toute d'instinct, sa raison s'ébranlait prête à l'abandonner.

– Parle-moi ! Parle-moi vite, dit-elle. Je crois que je vais devenir folle.

– Non ! répondit-il, non ! Je ne puis... C'est au-dessus de mes forces, Alice... Sache seulement qu'il faut nous séparer...

– Nous séparer ! nous séparer ! répéta-t-elle comme si elle n'eût pas compris le sens de ces paroles. – Jamais !...

À ce cri, elle enveloppa la tête de son amant de ses deux mains.

– Mon Alice, dit-il, il faut mourir alors, et que la tombe nous unisse, car sur la terre il y a entre nous du sang...

– Du sang ! s'écria-t-elle avec effort.

Les rayons de la lumière intérieure frappèrent en ce moment sur ses bras et éclairèrent quelques taches rouges.

– Du sang ! dit-elle encore avec épouvante. En voici !... Est-ce le tien ?... De qui est ce sang ?...

– C'est le sang de votre frère ! dit tout-à-coup une voix derrière le cavalier.

Alice poussa un grand cri et tomba sans vie sur le parquet. Laurent se retourna avec un rugissement.

– Maudit sois-tu, fils de Satan ! dit-il en reconnaissant le conseiller Barterèze.

Il lança son cheval sur lui. Le conseiller roula à terre en poussant des cris de détresse. Mais Laurent, sous le coup d'une folie furieuse, le foula impitoyablement aux pieds de son cheval qui se cabrait épouvanté. Quand les cris de Barterèze furent éteints :

– Bien ! dit Laurent avec un rire atroce. Le sang du frère sur mes mains, et le tien sur les sabots de mon cheval.

Et il disparut comme un esprit des ténèbres...

VI

Le bruit de la lutte avait réveillé les domestiques qui accoururent bientôt dans le salon et trouvèrent avec épouvante Alice Mac Daniel renversée à terre ne donnant pas signe de vie. Cependant malgré leur consternation, ils conservèrent assez de sens pour agir sans bruit, de manière à ne point réveiller sa tante dont un tel spectacle eût sans doute altéré la santé chancelante. Ils emportèrent la jeune fille sur son lit et s'empressèrent autour d'elle, lui prodiguant les soins qu'on rend habituellement aux personnes évanouies. Mais quand ils virent que malgré tous leurs efforts elle ne prenait pas connaissance, la terreur les saisit avec plus de force, et l'un d'eux s'élança au dehors pour aller chercher un médecin du voisinage. À peine avait-il quitté le seuil de la porte, qu'il tomba en jetant un grand cri... Dans sa course précipitée, il avait heurté un cadavre... Dès lors tout fut en confusion dans la maison. Que faire ? Qu'était-il arrivé ?... Quel était l'assassin ?... quelle était la victime ?... Devait-on réveiller madame ?... On avait à grand'peine transporté dans le vestibule une forme humaine horriblement maculée de boue et de sang. Le désir de connaître le malheureux qu'un crime avait mis en cet état, porta les gens à dégager la tête de la fange dont elle était souillée, et alors seulement on reconnut que le conseiller Barterèze respirait encore.

– Où suis-je ? dit-il en ouvrant les yeux avec peine. Presqu'aussitôt le souvenir de ce qui s'était passé lui revint sans doute, car il se mit à invoquer du secours avec tous les signes de la plus grande terreur. Ce ne fut qu'au bout d'un certains laps de temps qu'il put enfin percevoir avec plus de calme le sentiment de sa situation présente.

– Hélas ! Monsieur Barterèze, dit le domestique, qui a pu vous mettre en cet état ?

– Et qui serait-ce sinon ce monstre de Hautegarde, l'assassin de Denis Mac Daniel.

– L'assassin de Denis Mac Daniel ! répéta lentement le domestique terrifié.

– Eh ! sans doute, ne l'ai-je pas vu tomber mort auprès de moi ?

– Mort ! qui ? demanda Patrick au comble de l'effroi. Mais il réfléchit alors à l'état du conseiller, et lui supposant le délire, il ajouta d'un ton tout différent :

– Monsieur Barterèze, vous êtes bien souffrant sans doute. Venez auprès du feu vous réchauffer et vous dépouiller de vos vêtements qui ne sont que boue et sang.

– Ah ! s'écria le conseiller en se regardant avec crainte, ne suis-je point blessé mortellement ?

L'inspection de sa personne, à laquelle aida fort le fidèle Patrick, n'amena d'autre découverte que celle de violentes contusions, et en quelques endroits, à la tête surtout, de plusieurs blessures saignantes mais peu dangereuses. L'instinct du cheval et la profondeur de l'ornière où le hasard avait fait tomber Barterèze l'avaient évidemment préservé, sinon de la mort, du moins de blessures dangereuses. Rassuré par cette conviction, il reprit en parlant avec une certaine exaltation :

– Où est-il ? L'avez-vous vu ? Il était à cheval près de la fenêtre, et il parlait d'amour à la sœur !..., quand il venait de tuer le frère !... Et l'autre ! l'autre !... Cet infernal démon qui me poursuit partout comme le remords. Que faisait-il là encore ce damné Français ?

– Au nom du ciel de qui parlez-vous ? demanda Patrick et à qui ses terreurs revenaient.

– Eh bien ! de Durand ! Ah ! c'est vrai ! vous ne savez pas le crime qui s'est commis cette nuit. – Je revenais de Montréal chargé d'une lettre de M. Mac Daniel à sa fille, et j'avais choisi la nuit pour voyager afin de n'être point reconnu par ces bandits de patriotes qui me tueraient comme un chien, je crois. En chemin, je rencontrai une escorte de volontaires qui conduisaient deux prisonniers, et je me mis à faire route avec eux, revenant sur mes pas pour causer de quelques affaires avec Denis Mac Daniel qui était du nombre. Tout à coup on nous crie d'arrêter, et un homme que je reconnais pour...

– Pour qui ? demanda Patrick vivement inquiet, en remarquant une soudaine hésitation chez le conseiller, comme si le nom qu'il allait prononcer lui eût brûlé les lèvres.

– Pour... Ce Français qu'on nomme Durand, nous somme de rendre nos prisonniers. Les volontaires répondent par une décharge de leurs armes à feu. Les traîtres ripostent... jour de Dieu ! Me voilà tout d'un coup enveloppé comme d'un réseau de feu, de plomb, de fumée, ne sachant ni fuir, ni rester. – Tout-à-coup, à la lueur d'un coup de pistolet, je vis Denis Mac Daniel tomber de cheval à la renverse, et Laurent de Hautegarde le désignant du doigt à ses assassins, pour le faire égorger.

– Pour le sauver ! imposteur ! cria d'un ton farouche une voix venue du dehors.

– Lui ! encore lui ! s'écria Barterèze plus pâle qu'auparavant.

L'honnête Patrick fut si épouvanté de cette interruption, qu'il disparut sans coup férir, abandonnant le conseiller à son terrible adversaire. Celui-ci s'élança d'un bond dans l'appartement par la fenêtre que, dans la confusion, personne n'avait songé à fermer.

– Écoute, Barterèze, lui dit-il, dois-je te rappeler ce qui s'est passé en France ?

– C'est inutile, dit Barterèze qui vit sa dernière heure venue.

– Eh bien ! les délais que ma vengeance t'a laissés sont expirés, et puisque la justice divine ne s'est pas chargée du soin de te changer ou de te punir, la mienne sera plus sûre.

Il posa un pistolet sur la table près de lui.

– Arrête ! dit Barterèze, tout peut encore se réparer.

– Allons donc ! reprit l'autre avec un rire cruel. Tu comprends enfin ! Donne-moi d'abord la lettre dont Mac Daniel t'a chargé.

– Je ne l'ai plus, balbutia Barterèze.

– La lettre ! la lettre ! reprit Durand avec emportement.

Il plongea la main dans les vêtements du conseiller, et ne la trouvant pas, prit un flambeau et sortit. Un instant après, il rentra tenant dans sa main un petit portefeuille souillé de boue dans lequel il choisit parmi quelques autres papiers, celui qu'il demandait. Il en brisa le cachet, le parcourut rapidement ; puis écrivit à son tour quelques lignes.

– Signe, dit-il froidement en présentant le papier à Barterèze tandis que de l'autre main il saisissait le pistolet. Tu sais bien qu'il me faut ton nom.

Le conseiller signa.

– Je te donne rendez-vous dans huit jours à Montréal, dit encore

Durand. Cela fait, Dieu sera ton juge, car tu n'entendras plus parler ni d'elle ni de moi.

À ces mots, il sortit.

– Va ! va ! murmura Barterèze, tu dis bien, dans huit jours j'en aurai fini avec elle et avec toi.

VII

La journée qui succéda à cette nuit funeste, se passa toute en soins lugubres sous le toit des Mac Daniel. Le cadavre du jeune volontaire y fut rapporté dès le matin par des gens du pays, car ses compagnons avaient été contraints de fuir devant les Canadiens, leur abandonnant les deux prisonniers qu'ils étaient venus délivrer. L'état d'Alice Mac Daniel quoique moins grave, n'avait pas cessé d'être alarmant. Elle était tombée dans un état de torpeur léthargique dont rien ne pouvait la tirer. Une fois, une seule fois elle en sortit pour renvoyer par un geste de dégoût, le conseiller Barterèze dont le regard louche se montrait derrière les rideaux.

Vers le soir arriva de Montréal le vieux Mac Daniel ; les nouvelles fatales se propagent vite, et il avait appris un des premiers la catastrophe de la nuit précédente. La contenance du vieillard en présence de son fils mort et de sa fille mourante fut sublime. Sa douleur ne s'exhala point en cris ni en imprécations ; il garda un silence plein de désespoir, levant vers le ciel son regard empreint d'une pieuse résignation. D'une voix altérée, il prescrivit lui-même toutes les mesures pour la funèbre cérémonie, puis abandonnant la veillée du mort à un prêtre, comme il est d'usage parmi les catholiques, il alla s'asseoir au chevet de l'enfant qui lui restait encore.

Denis Mac Daniel fut enterré sans pompe au milieu du recueillement général, car dans la foule qui vit passer le convoi, presque tous allaient prendre les armes, et cette première victime de la rébellion leur préjugeait le sort réservé sans doute à beaucoup d'entr'eux. Mais cette impression grave et religieuse disparut avec le cercueil qui la faisait naître et le lendemain les habitants de la paroisse en pleine insurrection avaient établi leur quartier général au manoir de Saint-Charles dont ils s'étaient emparés à cet effet. Les rebelles se mirent dès l'abord à élever des retranchements, construire des ouvrages, percer des meurtrières afin de s'y défendre en cas d'attaque. Grâce au zèle ardent des insurgés qui ne se reposaient ni jour ni nuit, ces travaux furent menés à fin autant que le permettaient les ressources, le temps et le peu d'expérience des plus capables.

Mais tous ces préparatifs de guerre, tous ces bruits précurseurs du carnage venaient mourir au seuil de la maison des Mac Daniel. Tout entiers à leurs douleurs privées, ils demeuraient étrangers aux malheurs publics qui menaçaient de les envelopper, et rien de ce qui se passait au dehors ne pénétrait dans cet intérieur que la mort avait déjà visité. Depuis la nuit fatale, Laurent de Hautegarde n'avait pas reparu, non plus que le Français Durand, qui, sur quelques vagues indications était parti à sa recherche. Tous les gens du village commençaient à s'alarmer violemment de l'absence prolongée de ce jeune chef dont le nom, les talents, et la bravoure personnelle étaient si nécessaires à leur cause, lorsque dans la matinée du 24 novembre, le bruit se répandit qu'ils étaient tous deux de retour. L'affluence au camp fut plus considérable que les jours précédents ; mais plongé dans une douleur farouche Laurent de Hautegarde s'était renfermé sans voir personne, laissant à son compagnon de route le soin de divulguer les heureuses nouvelles dont ils étaient porteurs. En effet, ils venaient du village de Saint-Denis, où, la veille, un corps de Canadiens retranchés avaient battu 400 hommes commandés par le colonel Gore qui fut contraint dans sa retraite précipitée d'abandonner aux insurgés canons, bagages, munitions, morts et blessés.

Les détails de cette victoire excitèrent l'enthousiasme dans le camp de Saint-Charles ; ce ne fut bientôt plus partout que cris de triomphe, appels aux Anglais, chants et rires. Le vieux sang français se révélait chez les Canadiens à l'odeur de la poudre, le lendemain d'une victoire, hélas ! et la veille d'une défaite.

– Maintenant, dit Durand à un jeune officier qu'il emmena à l'écart, où en êtes-vous ici ?

– Nous en sommes encore à l'enthousiasme, comme vous le voyez, répondit-il en souriant légèrement ; mais nous manquons d'argent, de vivres, d'armes et d'organisation. Quand nos hommes croient le moment de combattre venu, ils arrivent par bandes et affluent de tous côtés. Bientôt ils se lassent d'attendre, et repartent pour revenir encore, de telle sorte que le camp renferme tantôt plus de mille hommes, tantôt moins de cent. – Tout cela par l'entêtement de ce pauvre Brown que sa blessure à la tête a rendu tout-à-fait inhabile au commandement qu'il exerce. Les difficultés augmentent chaque jour pour se procurer des vivres et des armes, surtout loin d'un ennemi qui ne se montre pas...

– Qui se montrera, tenez-le pour certain, dit Durand. Le combat d'hier a été le résultat d'un plan de campagne dirigé contre Saint-Charles. Le colonel Gore qui s'est fait battre, venait de Sorel, et ne comptait que se reposer à Saint-Denis, avant d'opérer contre vous simultanément avec le colonel Wetherall qui vous arrive de Chambly. C'est de ce côté que nous devons nous attendre à être attaqués sous peu, car les dépêches ont été interceptées, et le malheureux jeune homme qui en a été chargé, le lieutenant Weir a été tué au commencement de l'action en cherchant à s'évader.

Dès le lendemain les événements prouvèrent l'exactitude de ces détails, et la justesse des prévisions.

– Je vous cherchais, dit Durand en rencontrant son compagnon de route : voici les Anglais.

– Allons, répondit celui-ci. – Je serai peut-être plus heureux qu'à Saint-Denis. Où sont-ils ?

– Ils se rangent en bataille devant nos retranchements. Nos avants-gardes se sont repliées en coupant les ponts, ce qui n'a point arrêté leur marche.

Les deux patriotes se rendirent du côté menacé par l'ennemi. Cette partie était défendue par deux canons dont les affûts immobiles annulaient presque l'effet. Les Anglais amenaient trois pièces de campagne qui ouvrirent immédiatement leur feu ; mais là aussi le tir généralement trop haut faisait peu de mal aux rebelles et n'endommageait guères que le manoir et l'église. La mousqueterie était sans effet sur les hommes à l'abri derrière les retranchements. On en était encore à ces bruyants échanges de projectiles inoffensifs, quand tout-à-coup un bruit inquiétant se répandit parmi les assiégés : leur chef Brown venait de prendre la fuite.

– Qu'importe ! s'écria de Hautegarde. Ignorez-vous que Brown est atteint d'aliénation mentale. Sa fuite est un bonheur pour nous ! Hurrah ! et mort aux Anglais !

Le feu des pièces continua, mais mollement ; une partie des combattants s'enfuit même découragée. Ceux qui restaient encore se fatiguaient déjà d'un combat si peu meurtrier quand un mouvement des troupes anglaises leur annonça une attaque plus sérieuse.

– Ils viennent à nous, s'écria Laurent, recevons-les bien.

Il finissait à peine ces mots que les troupes ébranlées s'élancèrent au pas de charge sur les retranchements. En un instant toute cette partie de la ligne fut enveloppée d'une épaisse fumée au milieu de laquelle comme une ceinture d'éclairs brillaient les explosions d'armes à feu ; les détonations se succédaient avec une rapidité pareille au pétillement de la grêle sur les toits. Les clameurs des combattants augmentaient le bruyant tumulte de cette scène que les cris et les imprécations des blessés, la chute des morts commençaient à revêtir d'une teinte funèbre. Bientôt les coups de feu devinrent moins nourris ; une bouffée de vent en emportant la fumée leva le rideau qui recouvrait la scène de carnage, en dérobait les détails, et le spectacle d'un retranchement enlevé à la baïonnette s'offrit dans sa magnifique horreur. Aux grandes clameurs, au tonnerre des explosions avait succédé un silence bien plus effrayant.

La mort moissonnait à larges fauchées parmi les hommes pressés comme des épis. Autour des chefs, sur quelques points, les cadavres couvraient le sol rougi de sang et jonché d'armes brisées ; les uns tombaient renversés au pied des retranchements qu'ils escaladaient ; les autres parvenus au sommet rejetaient dans l'intérieur les ennemis atteints par le fer, – car le feu avait cessé, et les hommes luttant corps à corps n'avaient ni le temps ni la possibilité de recharger leurs armes. On s'égorgeait donc à l'arme blanche, mais sans bruit, mais sans enivrement, et sur des cadavres couchés près des canons muets. – Cette scène terrible fut heureusement de peu de durée.

Les insurgés privés des armes nécessaires à ce genre de combat furent culbutés par les Anglais mieux pourvus et plus nombreux. Le dernier qui resta à son poste dans la déroute générale fut Laurent de Hautegarde. Entouré par l'ennemi, il faisait tête à tous avec une intrépidité qui tenait du délire, frappant sans se lasser et sans daigner faire le moindre effort pour protéger sa vie autrement qu'en combattant avec rage.

– Partons ! dit enfin Durand qui n'avait pas quitté les côtés du jeune chef. La place n'est plus tenable ; tous nos gens sont en fuite.

Alors seulement ils s'aperçurent qu'ils étaient enveloppés avec quelques braves qui n'avaient pas lâché pied.

– Frayons-nous un passage, s'écria Laurent en s'élançant le premier. Le choc désespéré de cette poignée d'hommes fit trouée dans les rangs des vainqueurs ; ils passèrent.

– Ah ! dit Laurent en se retournant. La mort ne veut donc pas de moi !

VIII

Le bruit du combat avait, comme on le pense bien, de terribles échos dans le village de Saint-Charles où tant de familles éplorées demandaient à Dieu la conservation qui d'un père, qui d'un frère, qui d'un fiancé, – car la majeure partie des habitants était au manoir.

Assis auprès du lit de sa fille, le vieux Mac Daniel écoutait d'un air d'inquiétude le bruit de la mousqueterie, s'efforçant d'après sa force et sa durée de suivre les chances probables du combat. Il se levait à chaque instant pour chercher au-dehors à travers les croisées fermées des renseignements que ses opinions connues l'empêchaient de demander directement aux gens qui passaient. Les uns couraient armés dans la direction du manoir d'où nombre d'autres arrivaient sans armes et consternés. Ils s'interrogeaient mutuellement, puis, selon leur courage, leur dévouement et les nouvelles qu'ils apprenaient en route, continuaient leur marche ou rebroussaient chemin.

Cependant, les femmes et les enfants augmentaient la confusion par leurs terreurs et les cris arrachés à leur désespoir. Chaque nouveau survenant était environné d'une foule désolée. – Où en était le combat ? – Qui était vainqueur ? – Quels étaient les blessés ? – Et les uns s'arrêtaient un instant pour satisfaire à tant d'impatiences douloureuses, d'autres au contraire jetaient quelques réponses sinistres et continuaient leur course pour sauver de la scène de désolation qu'ils prévoyaient les êtres les plus chers, ou les objets les plus précieux. – De moments en moments les nouvelles alarmantes se succédaient avec plus de rapidité, et bientôt le nombre des fuyards ne laissa plus de doute sur la défaite des Canadiens.

On comprend avec quel intérêt le père d'Alice suivait tous ces mouvements. Sa vie, celle de sa fille même ne couraient-elles aucun danger au milieu d'une population hostile, exaspérée par le combat, enivrée de poudre et de sang, rendue furieuse peut-être par une défaite.

La maison muette et sombre comme un tombeau, attirait d'ailleurs l'attention par son contraste avec toutes les autres où régnait la plus effroyable confusion. Cent fois des imprécations étaient arrivées jusqu'au vieillard, et sous le fragile abri des persiennes fermées avec soin, il avait aperçu des gestes menaçants. Mais ce n'était pas pour lui qu'il tremblait intérieurement. Que lui importait une vie flétrie déjà par les chagrins, dévastée par la mort d'êtres bien aimés ! Sa fille, voilà quelle était son unique pensée. Aussi, déterminé à la protéger jusqu'à la dernière goutte de son sang, il saisit ses armes et se plaça en travers de la porte au moment où le signal de la déroute lui annonça le moment du danger le plus grand. Un coup de feu brisa les vitres de la fenêtre qu'il venait de quitter. – La balle traversa l'appartement, et s'alla loger dans le couronnement du lit où Alice résignée attendait en silence le dénouement de cette scène.

Nous n'essaierons pas de descendre dans les mystérieuses profondeurs d'un cœur de femme pour décrire les douloureuses agitations qui torturaient celui d'Alice. Elle savait bien (personne ne le lui avait dit cependant) que Laurent de Hautegarde était parmi les rebelles, au plus fort du danger, au plus épais de la mêlée ; là était son âme. Mais son père veillait sur elle, prêt à donner sa vie pour lui éviter la moindre violence – là était sa raison. Problème étonnant et insoluble de l'amour qui, souvent dans quelques mois, quelques jours, quelques heures peut-être, peut aveuglément s'emparer d'un cœur, sans laisser place pour les sentiments que la nature et l'éducation y avaient implantés d'abord.

– Lui mort, se disait-elle, je mourrai.

Puis songeant à sa fatale destinée, elle en venait à se demander :

– Lui vivant, pourrai-je vivre sans lui ?

Pauvre enfant qui n'avait de pensée que pour son amant, et qui pourtant aimait sincèrement et religieusement son père.

Ainsi, sous ce toit si calme en apparence s'agitait un drame intérieur plus sombre et plus désespéré peut-être que la désolation qui étendait ses ravages au dehors.

L'incendie annonça l'arrivée et la marche des troupes anglaises dans le village qui offrit dès lors les horreurs d'une place prise d'assaut dans les siècles barbares. Malgré ses opinions connues, la maison de Mac Daniel fut violée comme les autres, et ce ne fut qu'à l'énergique intervention d'un jeune officier qu'il dut d'échapper à des dangers personnels et de voir sa fille à l'abri des outrages d'une soldatesque échauffée par le combat…

Mac Daniel quitta Saint-Charles le lendemain emmenant avec lui dans une voiture couverte sa sœur que les événements de la veille avaient accablée, et sa fille que dévorait une fièvre ardente. Les angoisses de l'âme hâtaient en elle la destruction des sources de la vie. Où était Laurent ? – proscrit – blessé – mort ! Il n'y avait pas d'autre alternative.

Le trajet de la voiture à travers le village fut navrant. Dix-huit maisons ou granges étaient réduites en cendres, et n'offraient qu'un amas de ruines. Les habitations respectées par le feu portaient toutes les traces du plus complet désordre, sinon du pillage le plus honteux. La majeure partie était abandonnée de leurs habitants enfuis pour échapper aux violences qu'ils redoutaient. La voiture passa devant l'église, et ce fut avec une douleur profonde que le vieil Irlandais entrevit la maison de Dieu livrée aux profanations des soldats qui s'en étaient fait un corps-de-garde pour insulter au culte catholique.

À moitié chemin, les émigrants traversèrent un taillis de peu d'étendue. Tous trois étaient plongés dans un silencieux abattement, et l'on n'entendait que le bruit monotone des roues se plongeant dans les ornières du chemin. Tout-à-coup Alice poussa un faible cri en se penchant violemment vers la portière. Le père affligé n'eut que le temps de voir passer une ombre ; une voix qu'il reconnut soudain, jetait ces mots à sa fille :

– Encore et toujours !

– Là-haut, sans doute ! répondit-elle en montrant le ciel.

Puis elle se rassit plus calme, et fermant les yeux se plongea dans une morne rêverie, jusqu'à ce que vint la prendre un sommeil que réclamaient impérieusement les épuisements de cette frêle nature, sommeil pénible et agité encore par le contre-coup des douleurs morales.

À Montréal, au pied de la colonne élevée à la mémoire de Nelson, la voiture fut arrêtée par un rassemblement hideux d'hommes de la lie du peuple. Le cocher, en voulant continuer sa route, s'attirait déjà des menaces et des vociférations qui ne respectaient même pas les deux femmes renfermées dans la voiture, lorsque l'attention générale fut heureusement détournée par un incident inattendu. Un flot pressé de la plus basse canaille poursuivait de ses hurlements de mort quelques malheureux prisonniers patriotes enchaînés, accablés de fatigue, et couverts de vêtements en lambeaux.

Auprès de la voiture de Mac Daniel, la foule devint si compacte que le triste cortège fut contraint de s'arrêter, et un instant on put craindre que l'escorte ne fût impuissante à protéger les prisonniers désignés à la haine de la populace stipendiée.

Plusieurs hommes qu'à leur mise on reconnaissait comme appartenant à la classe aisée, l'excitaient incessamment. C'étaient des loyaux fougueux de Montréal, et parmi eux, Alice reconnut avec dégoût le conseiller Barterèze. Elle le désigna par un geste à son père, sans y ajouter aucun commentaire. En ce moment, le misérable traversait l'escorte et se rapprochait d'un des prisonniers.

– Nous sommes tous deux exacts au rendez-vous, lui dit-il avec un accent d'ironie infernale.

Il y avait juste huit jours qu'ils s'étaient quittés à Saint-Charles, dans la nuit où le conseiller avait signé un papier qu'il lui montra en ce moment.

– Voici, lui dit-il, la signature que tu m'as extorquée. Qui de nous est le plus habile ?

– Lequel est l'honnête homme ? répondit Durand avec indignation.

– Allez ! monsieur, une mort sans honte vaut mieux qu'une vie souillée par de telles ignominies.

Il ajouta encore, mais très bas : Pauvre sœur ! – Puis il se renferma dans un fier silence, promenant sur la foule hurlante un regard plein de calme et de force.

Le convoi reprit sa marche lente vers la prison neuve.

IX

L'insurrection canadienne était étouffée ; les mesures réactionnaires eurent leur cours, ciment dangereux dont les oppresseurs se servent pour consolider leurs œuvres et qui cependant en précipite souvent la ruine. Les paroisses rebelles durent encore courber le front sous un joug que leur tentative avait rendu plus pesant, mais non plus solidement établi comme le prouva l'insurrection de l'année suivante.

L'hiver s'écoula dans une tranquillité trompeuse, et sans que rien entravât la marche des vengeances du pouvoir.

En 1838, à cette époque de l'année où les bourgeons reverdis annoncent le réveil de la nature dans ces contrées ensevelies pendant quatre ou cinq mois sous un linceul de glace et de neige, un jeune homme entrait à Montréal par le faubourg de Québec. Il marchait à pas hâtés et le front courbé sous le poids d'une préoccupation facile à remarquer. Par instants, comme si une pensée soudaine le rappelait au sentiment de la réalité, il jetait autour de lui un regard rapide et soupçonneux, puis continuait sa route en rabaissant sur son front le capot gris qui ne laissait guère apercevoir que ses yeux amaigris et creusés sans doute par la fatigue. Son costume, du reste, ne donnait lieu à aucune remarque ; le temps était mauvais, et la pluie chassée par le vent tombait en gouttes pressées et obliques, ce qui rendait général l'usage du capot. Cependant, en avançant davantage dans la grande rue du faubourg, l'étranger remarqua que le nombre des passants augmentait de plus en plus, et bientôt même il se vit entouré de groupes animés marchant dans le même sens que lui. Cette affluence d'autant plus extraordinaire que l'état de l'atmosphère était pire, excita vivement sa curiosité, et pour en comprendre le motif ou le but, il se prit à écouter la conversation des hommes les plus rapprochés, en réglant son pas sur le leur.

– Que Dieu les bénisse ! disait l'un d'eux. Ils ont fait leur devoir, et si tous avaient agi comme eux, ils n'en seraient pas là aujourd'hui.

– Quelle honte pour le pays ! reprenait un autre.

– Ils mourront sans peur comme ils ont combattu, ajoutait un troisième. Mais le sang des martyrs est fécond, et un jour ils seront vengés.

– Encore s'il eût été possible de les délivrer par un coup de main. Mais non ! les bourreaux ont bien pris leurs mesures, et rien ne peut plus les sauver.

– Avez-vous assisté au procès, voisin ? Pas un deux n'a faibli un moment devant les juges. Rien n'a pu ébranler leur courage, ni la certitude d'une condamnation, ni les tortures de leurs cachots.

– Quelles monstruosités ont été mises au jour ! On eût eu plus d'humanité pour des assassins et des parricides. Ah ! Sir John Colborne s'entend au métier de geôlier !

– Il fait les choses en grand. N'a-t-il pas entassé dans les prisons, sans autre motif, tous ceux dont les opinions étaient dénoncées par quelques vils délateurs, misérables intéressés par vengeance ou spéculation à les faire incarcérer. Et cela au mépris de toute légalité.

– Légalité ! s'écria quelqu'un. Il s'agit bien de cela ! Tout le monde sait que l'insurrection elle-même n'a été déterminée que par des *warrants* pour haute trahison, lancés après l'assemblée de Saint-Charles sans qu'aucun *over act* eût été commis. Les patriotes ont-ils fait autre chose que s'opposer à la mise à exécution de ces *warrants* ? Et n'était-ce pas leur devoir de repousser ces monstrueuses illégalités ? Que le sang versé retombe donc sur la tête de ceux qui l'ont fait répandre.

– Toute chose aura son temps, et ceux qui échapperont au tribunal des hommes auront un jour de terribles comptes à rendre au tribunal de Dieu !

– Vous avez raison, monsieur ; car il n'est pas de meurtre si bien caché, pas de tortures si bien ensevelies entre les murs d'un cabanon que Dieu ne voie.

– Pauvres martyrs ! Exposé sans pitié au froid, aux privations, de toute espèce, même de nourriture suffisante, aux infections de la malpropreté, aux maladies...

– Et la mort au bout de tout cela !

– La mort, si l'on peut les convaincre d'un acte de rébellion. Sinon une longue captivité sans cause, et puis une liberté tardive, quand la prison a amené la ruine de leur fortune et le délabrement de leur santé.

– Et c'est ainsi que les Anglais se vengent sur ceux qu'ils tiennent en leur pouvoir, de l'évasion des autres qui ont trouvé un refuge sur les terres libres de l'Union américaine.

– Un jour, sans doute, le peuple qui protège les proscrits, marchera au secours des opprimés.

– Ce jour-là sera celui de la liberté !

Ils étaient arrivés, en causant ainsi, non loin de la prison neuve dont un rassemblement tumultueux encombrait entièrement les abords. Ils s'arrêtèrent, et le jeune homme qui les suivait, levant les yeux, n'eut plus aucun doute sur le hideux spectacle qui attirait la foule. Les apprêts funèbres des exécutions capitales étaient dressés au-dessus de la porte d'entrée et du mur d'enceinte de la prison.

Il comptait les gibets quand une voix dit près de lui :

– Voyez cet homme ! c'est lui qui dans un journal de Montréal a demandé avec tant de passion la mort des prisonniers patriotes, lui qui a osé écrire « qu'il n'était pas besoin de les engraisser tout l'hiver pour l'échafaud ! »

L'inconnu leva les yeux et aperçut un homme qui s'agitait dans la foule parmi quelques misérables dont il semblait exciter la haine contre les condamnés. C'était le conseiller Barterèze.

– Il doit être satisfait, dit quelqu'un, car celui contre lequel il montrait l'animosité la plus sanguinaire va mourir.

– Qui va mourir ? demanda brusquement le jeune homme au capot.

– Ne le savez-vous pas ? répondit le Canadien étonné. Ce sont des patriotes.

– Et leurs noms ? leurs noms ?

– Je ne sais, répondit prudemment l'homme interpellé, dans la crainte de parler à quelque parent ou quelqu'ami des victimes. Tout ce que je puis vous dire, c'est que parmi eux est un Français nommé Durand.

– Durand !

Cette exclamation fit retourner la tête à quelques assistants. L'un d'eux laissa échapper un geste de surprise, et se plaçant devant l'étranger comme pour le dérober aux regards :

– Vous ici, et à pareil moment ! dit-il à voix extrêmement basse.

– Je ne sais ce que vous voulez dire, lui fut-il répondu.

– Je vous connais mieux que vous ne me connaissez, reprit le Canadien du même ton. Au nom du pays et de vos amis, retirez-vous.

– Non ! répondit le jeune homme ; j'ai déjà vu la mort de plus près.

– Mais pas de la main du bourreau, reprit l'inconnu. Partons, croyez-moi.

À ce mot, le proscrit se sentit froid au cœur ; mais il demeura immobile, et pour toute réponse montra froidement sous son capot la forme d'une crosse de pistolet. Le patriote comprit toute l'énergique signification de ce geste du gentilhomme.

La rumeur qui s'éleva en ce moment fit frissonner les spectateurs du meurtre juridique. Les condamnés apparaissaient au pied des instruments de mort. Leur contenance était calme et ferme ; ils promenèrent un regard de mépris sur quelques groupes d'où partaient des hurlements de haine promptement éteints dans le silence général. Au premier coup-d'œil, on reconnut le Français qui cachait son nom véritable sous celui de Durand. Tourné vers la multitude, il lui adressa d'une voix ferme quelques mots qui ne parvinrent cependant pas jusqu'au groupe éloigné dont nous avons suivi la marche. Quand le bourreau lui passa le nœud fatal autour du cou, il poussa par trois fois un cri de liberté, – et se tut pour toujours !...

C'est ainsi qu'ils moururent tous, sans crainte ni remords, en hommes de foi, comme les martyrs de toutes les nobles causes.

Le Canadien qui avait reconnu le jeune proscrit se retourna aussitôt pour l'entraîner loin de la scène lugubre qu'ils avaient sous les yeux ; mais il avait disparu dans la foule.

– Qu'est devenu ce jeune homme ? demanda-t-il à ses voisins.

Aucun d'eux ne le savait.

– Qui est-il ? lui dit-on.

Il se pencha à l'oreille de l'un de ceux qui l'entouraient, et nomma Laurent de Hautegarde.

– C'est lui ? s'écria ce dernier. Je sais donc où il est allé ! que ne l'avez-vous empêché de continuer sa route ?

– Et pourquoi ?

– C'est que, reprit le Canadien en baissant la voix, il est venu pour voir Alice Mac Daniel, et elle est morte cette nuit !

– Courons, dit l'autre vivement ; nous le rejoindrons peut-être à temps.

Il se trompait. Arrivés devant la maison mortuaire sans l'avoir aperçue, et redoutant quelqu'acte insensé de sa douleur, ils demeurèrent près de la porte, se promenant aux environs sans la perdre de vue. Ce fut encore en vain ; ils ne revirent plus le jeune chef des rebelles.

Cependant, le lendemain, un bruit étrange, mystérieux se répandit dans le public de Montréal. On parlait vaguement de cercueil décloué, d'adieux déchirants, et d'une veillée de mort signalée par les actes extravagants d'un désespoir sans ressource. Les noms d'Alice et de Laurent étaient prononcés en secret et chacun signalait quelques détails de l'histoire mélancolique de leurs amours. La pauvre enfant ne s'était jamais relevée du coup terrible que lui porta la mort de son frère, barrière insurmontable et éternelle entre elle et celui qu'elle aimait. Comme toutes les femmes atteintes mortellement au cœur, elle avait langui pendant quelques mois, étudiant avec joie les progrès de la maladie qui marchait à pas de géant. Car la mort, c'était la délivrance ! Avant cette heure suprême, elle appelait Laurent ; elle eût voulu lui laisser comme un adieu les dernières bénédictions de son amour inaltérable ; mais la mort n'attend pas ; elle s'endormit en l'appelant. Laurent vint pourtant, mais trop tard, et pour ensevelir dans un cercueil son dernier espoir et ses désolants souvenirs.

Personne ne sut jamais qui était véritablement le Français dont nous avons vu la fin déplorable, excepté Barterèze, son plus cruel ennemi ; mais des rapports antérieurs entr'eux dont les mystères semblaient cacher un crime, faisaient au conseiller coupable une loi du plus inviolable silence sur ce sujet.

Un fait qui semblait s'y rattacher donna lieu à bien des conjectures. On apprit quelques jours après l'exécution des patriotes qu'une jeune fille étrangère allait prendre le voile au couvent des

Ursulines de Montréal. On la disait arrivée de France depuis plusieurs mois, et retirée dès lors près de la supérieure à qui elle avait apporté des lettres renfermant sans doute le secret de sa destinée. Un étranger qu'on n'avait plus revu depuis le combat de Saint-Charles la visitait seul antérieurement à cette époque. Ces détails aussi bien que le soin de la jeune religieuse à cacher son nom éveillèrent un instant la curiosité ; mais la supérieure demeura impénétrable. Tout porte donc à croire que ce secret douloureux s'éteindra sans écho dans le silence du cloître, tombeau prématuré où vont s'ensevelir vivants encore tant de cœurs brisés, tant d'illusions déçues, tant d'espérances éteintes pour jamais !

Milton Keynes UK
Ingram Content Group UK Ltd.
UKHW050628301023
431584UK00009B/491